U0681162

imaginist

想象另一种可能

理
想
国
imaginist

木心全集

琼美卡随想录

木心

上海三联书店

图书在版编目（CIP）数据

琼美卡随想录 / 木心著. —上海：上海三联书店，
2020.5（2023.10 重印）
（木心全集）
ISBN 978-7-5426-6905-6

Ⅰ. ①琼… Ⅱ. ①木… Ⅲ. ①小品文—作品集—中国
—当代 Ⅳ. ① I267.3

中国版本图书馆 CIP 数据核字 (2019) 第 260599 号

琼美卡随想录

木心 著

责任编辑 / 徐建新
特约编辑 / 曹凌志
装帧设计 / 陆智昌
制　　作 / 陈基胜　马志方
监　制 / 姚　军
责任校对 / 张大伟

出版发行 / 上海三联书店
　　　　　（200030）上海市漕溪北路331号A座6楼
邮购电话 / 021-22895540
印　　刷 / 山东韵杰文化科技有限公司

版　　次 / 2020 年 5 月第 1 版
印　　次 / 2023 年 10 月第 7 次印刷
开　　本 / 787mm×1092mm　1/32
字　　数 / 36千字
图　　片 / 3幅
印　　张 / 5.875
书　　号 / ISBN　978-7-5426-6905-6/I·1573
定　　价 / 56.00元

如发现印装质量问题，影响阅读，请与印刷厂联系：0533-8510898

1985

瓊美卡随想録

木心

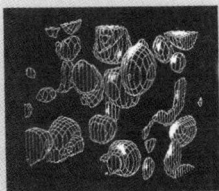

1986 年版封面

写这些时，住在纽约东隈的琼美卡。

琼美卡随想录

目 录

第一辑

3　如　意

5　剑　柄

7　我　友

9　王　者

11　圆　满

13　心　脏

15　将　醒

17　呼　唤

19　休　息

21　除　此

23　无　关

25　烂　去

27 问 谁

29 败 笔

31 迟 迟

33 走 了

35 出 魔

37 笔 挺

39 缀 之

41 尖 鞋

第二辑

45 嘁 语

57 俳 句

79 风 言

第三辑

99　上　当

103　但　愿

107　真　的

109　再　说

111　很　好

113　智　蛙

115　疯　树

119　不　绝

123　棉　被

125　步　姿

129　新　呀

131　荒　年

133　同　在

139　笑　爬

143　邪　念

145　放　松

147　某　些

149　认　笨

151　引　喻

153　怪　想

155　多　累

157　呆　等

159　卒　岁

163　后　记

第一辑

如　意

　　生活如意而丰富——这样一句，表达不了我之所思所愿；我思愿的乃是：

　　集中于一个目的，作种种快乐的变化。

　　或说：

　　许多种变化着的快乐都集中在一个目的上了。

　　迎面一阵大风，灰沙吹进了恺撒的眼皮和乞丐的眼皮。如果乞丐的眼皮里的灰沙先溶化，或先由泪水带出，他便清爽地看那恺撒苦恼地揉眼皮，拭泪水。

　　之前，之后，且不算，单算此一刻，乞丐比恺撒如意。

世上多的是比恺撒不足比乞丐有余的人，在眼皮里没有灰沙的时日中，零零碎碎的如意总是有的，然而难以构成快乐。

因而我选了一个淡淡的"目的"，使许多种微茫的快乐集中，不停地变化着。

剑 柄

　　一味冲谦自牧,容易变成晦黯枯涸。终身狂放不羁,又往往流于轻薄可笑。

　　冲谦而狂放的人不多。

　　谦狂交作地过一生是够堂皇的。

　　"忘我"之说,说而不通。应是:论事毋涉私心意气谓之谦,命世不计个人得失谓之狂。这样的谦狂交作是可爱的,可行的。

　　不谦而狂的人,狂不到哪里去;不狂而谦的人,真不知其在谦什么。

拜伦以天才自命，以不多读书自诩。后来在他的故居，发现许多书上密密麻麻地注满他的感想、心得——拜伦的字迹是很容易辨认的。

再者，我们比剑术，比枪法——执笔行文间之所以引一"我"字，如剑之柄，似枪之扣，得力便可。

不可以剑柄枪扣炫人，何可以剑柄枪扣授人。

我　友

　　中国古代人，能见于史册的，我注目于庄周、屈原、嵇康、陶潜、司马迁、李商隐、曹雪芹……他们的品性、才调，使我神往。我钦羡的另一大类：季札、乐毅、孙武、范蠡、谢安、张良、田兴……他们的知人之明，极妙；自知之明，妙极。孙膑没有及早看透庞涓，是笨了三分（笨不起哪）。田兴则聪明绝顶，朱元璋哄不了他，请不动他，只好激之以"再不来的，不是脚色"（流氓口气活现）。脚色田兴来了；话旧旬余，朱赠金银，田慨受不辞。出得宫来，悉数散与平民百姓，孑身飘然而去。

7

美哉田兴!

季札的挂剑而去,也是最高的潇洒——美哉季札!

潇洒是这样的潇洒,现代时装公司广告上的潇洒是指衣服裁剪得好。

试看古潇洒,值得频回首。

王　者

　　登金字塔，埃及属于我。彳亍拜旦隆的八柱间，雅典臣伏在我足下。小坐巴黎街头咖啡店的椅子上，法兰西为我而繁华。那胡夫法老，那伯律柯斯，那路易十四，都不知后来的王者不烦一兵一卒，长驱直入，笑谈于深宫、要塞、兵家必争之地，享尽风光，扬长而去——旅行家万岁！

　　恺撒说：

　　"我来，我见，我胜。"

　　什么叫"胜"，还不是被谋杀了。即使避过谋杀，威福绵绵，长寿，啊长寿？长寿的意思是年命有限。

如果说："我来了，我见了，我够了。"这倒还像话。

凡是像话的话，都不必说——那就不说。

夕阳照着威尼斯的太息桥，威尼斯的船夫多半是大学生。

圆　满

生命的两大神秘：欲望和厌倦。

每当欲望来时，人自会有一股贪、馋、倔、拗的怪异大力。既达既成既毕，接着来的是熟、烂、腻、烦，要抛开，非割绝不可，宁愿什么都没有。

智者求超脱，古早的智者就已明悉不幸的根源，在于那厌倦的前身即是欲望。若要超脱，除非死，或者除非是像死一般活着。

以"死"去解答"生"——那是什么？是文不对题，题不对文。

近代的智者劝解道："欲望的超脱，最佳的方法无过于满足欲望。"

这又不知说到哪里去了，岂非是只能徇从，只能屈服。

"问余何适，廓尔忘言。

花枝春满，天心月圆。"

此一偈，好果然是好极了，然而做不到三天的圆满，更何况永恒的圆满。

心　脏

　　十字军行过了。宗教裁判退庭了。斗兽场空着。奴隶市集取缔久矣。拿破仑最后变成女人。希特勒剩下一片假日记的风波。斗牛呢，还可以到西班牙去看货真价实的斗牛，那过程之长，之惨烈，不是目睹，无法想像。梅里美先生的报告文学太风雅，也许当年确乎如此；等到我去西班牙尝试风雅时，惹了一身恶俗，我居然会频拭手心的冷汗看到人牛两亡，热风吹散血腥味——我恨西班牙，不管你孕育了多少个戈雅、毕加索，你为何还要斗牛。

又想起"玛雅文化"的神秘没落。

那血淋淋的祭奉，什么意思呢，天神要这鲜红的跳动的心脏做什么——人类对太奇怪的事，会不觉得奇怪。

对那些并不奇怪的事倒啧啧称奇，大惊小怪。

将 醒

刚从睡梦中醒来的人，是"人之初"。

际此一瞬间，不是性本善也非性本恶，是空白、荏弱、软性的脱节。

英雄的失策，美人的失贞，往往在此一瞬片刻。是意识和潜意识界线模糊的一瞬，身不由己的片刻。

人的宽厚、浇薄、慷慨、吝啬，都是后天的刻意造作。从睡梦中倏然醒来时，义士恶徒君子小人多情种负心郎全差不多，稍过一会儿，区别就明明显显的了。

然而高妙的战略，奇美的灵感，也往往出此将醒未醒的刹那之间，又何以故？

那是梦的残象犹存，思维的习性尚未顺理成章；本能、直觉正可乘机起作用，人超出了自己寻常的水平——本能、直觉，是历千万年之经验而形成的微观智慧，冥潜于灵性的最深层次，偶尔升上来，必是大有作为。

宏伟、精彩的事物，都是由人的本能直觉来成就的。

若有神助，其实是人的自助——这无疑是可喜的。不过不要太高兴。

呼　唤

英国得天独厚的是文学之光华，一个莎士比亚足可使英国永远亡不了国。

英国文学家之多、之大、之了不起，使英国人不以少出画家少出音乐家为憾，他们安心认命，反正英国文学是举世无敌盖世无双的了。

诗人的哈代倒平常，小说家的哈代是伟大的。这不用我说，但我要说，赞美哈代是我的天职，是仁，是不让的。

哈代说：

"呼唤者与被呼唤者很少互相答应。"

此一语道出了多少悲伤，道破了多少人间惨史。

耶稣在十字架上的绝叫，冉·达克在火堆上的哀吁，都包括在哈代这句话中，虽然哈代并没有这层意思。

话说出后，与说话的人的初衷不相关了。耶稣和冉·达克是在哈代这句话中，而且是主位，其次才是那迂回行过的为爱情而生而死的凄迷男女。

休　息

　　听三百多年前的人谈论种种尘世事题，感到三百
多年的变化，横梗在我与培根之间——弗兰西斯·培根
之言，已未必尽然。

　　唯独培根的分析"嫉妒"，透彻无遗，信达而雅，
生于培根以后的人，关于"嫉妒"，就这样听他说说，
自己想想，大家聊聊，够了——我佩服他，佩服得身
心愉快；因为本来就是巴望那世上的一桩桩糊涂事，
能够一桩桩弄清楚。

　　"在人类的一切情欲中，恐怕要算嫉妒最顽强最持

久的了，所以说，嫉妒心是不知道休息的。"

　　如有人问及："那么嫉妒又是什么呢？"……我起身从书架抽出培根的文集，给提问者——我坐下，休息。

除　此

　　我原先是从来不知疲倦的，眼看别人也都是不知疲倦的。

　　一天，我忽然疲倦了，眼看别人也都是疲倦了，疲倦极了。

　　我躺着，躺着想，天堂是怎样的呢，在天堂里走一天，脱下来的袜子，纯粹是玫瑰花的香味。

　　天堂无趣，有趣的是人间，唯有平常的事物才有深意，除此，那是奥妙、神秘。奥妙神秘，是我们自己的无知，唯有奥妙神秘因我们的知识而转为平常时，又从而有望得到它们的深意。

土耳其的旗子上有一弯新月，这就对了。

耶稣的父亲实实在在是罗马人，这就对了。

无　关

　　瓦格纳的音乐不是性感的常识剧情，是欲与欲的织锦，非人的意志是经，人的意志是纬，时间是梭，音乐家有奇妙的编纂法，渐渐就艳丽得苍凉了，不能不缥缈高举，波腾而去。被遗弃的倒是累累肉体，快乐而绝望的素材——自来信仰与悔恨成正比，悔恨是零乱的，整齐了，就是信仰。

　　因为有一位未曾晤面的朋友说："瓦格纳的音乐无疑是性感的。"使我念及是否再为瓦格纳稍作言诠，以安瓦格纳在天之灵，以明我等聆受瓦格纳音乐者的在地之心。

另有一位朋友是英才早展的诗人，他最近写了："……那载着往事歌剧之轮船／哦，冉冉升笛。"我又感到艳丽而苍凉了，十分赞美——那是与瓦格纳无关的。

烂 去

人类的历史，逐渐明了意向：

多情——无情。

往过去看，一代比一代多情；往未来看，一代比一代无情。多情可以多到没际涯，无情则有限，无情而已。

可怕还在于无情而得意洋洋，蒙娜丽莎自从添配了威廉胡髭以后，就此颠之倒之，最近在纽约街头捧卖报刊，而地车站上，大卫新任推销员，放下投石器，抱起一只最新出品的电吉他。

当人们一发觉亵渎神圣可以取乐取宠，就乐此宠此不疲了，不会感激从前的人创造了这么多可以供他们亵渎的素材。

是故未来的人类会怎么样，并非窅渺不可测，"无情"而已。

从多情而转向无情就这样转了，从无情而转向多情是……以单个的人来看，没有从无情者变为多情者的，果子一烂，就此烂下去。

问　谁

人文主义，它的深度，无不抵于悲观主义；悲观主义止步，继而起舞，便是悲剧精神。

毋庸讳言，悲观主义是知识的初极、知识的终极，谁不是凭借甘美的绝望，而过尽其自鉴自适的一生。

年轻的文士们，一个一个都很能谈，谈得亮亮的，陈列着不少东西——冰箱！这些人真如冰箱，拉开门，里面通明，关了，里面就黑暗。冷着。

我们最大的本领，不过是把弄糟了的事物，总算不惜工本地弄得差强人意了些——没有一件事是从开始就弄得好好儿的。

也有人认为一切都可以化作乖觉的机器，或者更原始朴素些，把人群分类，像秤钮、秤钩、秤杆、秤锤那样搭配起来，就行了。

这样搭配起来的"秤"，用来秤什么呢？秤"幸福"。

就算秤幸福吧，秤幸福的"秤"，即是幸福吗。

你问他，他问我，我问你啊。

败　笔

新鲜的怀疑主义者把宿旧的怀疑主义者都怀疑进去了。

像爱默生那样是多么脆嫩的怀疑主义者啊。Transcendentalism 其实是一种推诿。

"结结实实的怀疑主义者"这顶枯叶缀成的桂冠，是否奉给蒙田，尚未决定。

苏格拉底，不予置评。

宁可让这顶桂冠悬浮在空中，宛如一只小飞碟。

蒙田临终时，找神父来寝室，什么，还不是做弥撒。

苏格拉底到最后，说了一句千古流传的不良警句，托朋友还个愿心，欠神一只鸡。

此二史实（弥撒、还愿），都是西方"怀疑世家"列传中的伤心败笔。

随俗，无限大度，以徇顺来作成脱略，能算是潇洒吗。

真奇怪，什么事都有节操可言，达节、守节、失节，一个怀疑主义者的晚年的失节之悲哀，悲哀在他从前所作的"怀疑"都被人怀疑了。

败笔决不能再改为神来之笔。

迟　迟

　　然而在许多读者之中的许多读者是手里拿着玫瑰花的。玫瑰花是新鲜的。

　　一眼看透威廉·莎士比亚，一语道破列夫·托尔斯泰，那就最好，那就好了。

　　我想，我想有一天，老得不能再老，只好派人去请神甫来。神甫很快就到，我说，我倚枕喘然说："不不，不是做弥撒，您是很有学问的，请您读一段莎士比亚的诗剧，随便哪一段，我都不能说已经看过了的。"

　　神甫读了罗密欧与朱丽叶的阳台对话，我高兴地谢了，表示若有所悟。

　　然后请他讲托尔斯泰的故事，神甫传达了尼古拉维奇最后出走的那一夜，很冷的冬夜，帽子也不小心跌掉了，我很惊讶："真的吗，真是这样的吗？"

　　神甫说：

　　"真是这样的。"

走　了

　　昨夜，我还犹如汤姆斯·哈代先生那样地走在荒原上，蔓草中的金雀花快乐而无畏，一起叫道：

　　"诗人来了！"

　　我回头眺望，没见有谁出现，远处有许多白雾。

　　平平安安过完十八、十九世纪已非容易，二十世纪末叶还活着步行到艾格敦荒原来，不高兴也得装得高兴。

　　真有乌斯黛莎吗，真有苔丝吗，那红土贩子怀恩也真可爱，而玖德，濒死的热病中披了毯子冒雨登山去赴约……把哈代害苦了……搁笔了……我止步而回身。

"诗人走了!"

蔓草中的金雀花又嚷成一片,这次才知道它们有意挑逗,写写诗就叫诗人,喝喝茶喝喝咖啡就叫茶人咖啡人么,蔓草中的金雀花啊。

出　魔

　　传记、回忆录，到头来不过是小说，不能不，不得不是写法上别有用心的小说，因为文学是不胜任于表现真实的，因为真实是没法表现，因为真实是无有的。

　　最好的艺术是达到魔术的境界的那种艺术。

　　一群魔术家在阳台下徘徊不去，声声吆唤：

　　"出来啊，让我们见见面哪！"

　　之所以不上阳台是因为我正在更衣，更了七袭，都不称心……

　　我全身赤裸地站在阳台上，二十个气球围住了我，三只白鸽交替在我头顶下蛋——与魔术家们周旋就是这样谐乐。

与魔术家们周旋就是这样短暂。

我没有传记、回忆录，没有能力把艺术臻于魔术的境界，魔术家们没有到我的阳台下来吆唤。

世界上曾有九种文化大系，阿拉伯的曾被号为"魔术文化"，已经是过去很久的事了。那"一千零一夜"在其本土被列为"淫书"而遭禁后，阿拉伯只剩下1234567890，怪纯洁可爱的。

笔　挺

　　上帝造人是一个一个造的，手工技术水平极不稳定，正品少之又少，次品大堆大摊。

　　那时我还是行将成为次品的素材，没有入眶的眼珠已能悄悄偷看——它时而弯腰，时而直背，时而搋搋腰背，忙是真的忙个不停。

　　前面的一个终于完工。上帝造我先造头颅，在椭圆形上戳七个洞……眼珠捺入眼眶，眼睑就像窗帘那样拉下，什么都看不见。红红的。

　　来到人间已过了半个多世纪，才明白老上帝把我制作得这样薄这样软这样韧这样统体微孔，为的是要来世上承受名叫"痛苦"的诸般感觉。

我一直无有对策，终于——不痛苦了！

老上帝显然吃惊，伸过手来摸摸我的胸脯：

"就这样？不痛苦了？"

我站得笔挺：

"就这样，一点也不痛苦。"

缀　之

　　窗外的天空蓝得使人觉得没有信仰真可怜，然而我所见所知的无神论者都是不透彻的。

　　上帝是无神论者，上帝必是无神论者，上帝信仰谁，上帝是没有信仰的。没有皈依，没有主宰，这才是透彻的无神论者。

　　那些崇拜上帝的人，竟都不知是在崇拜无神论。

　　尼采为此而写了一本言不能过其实的书，今补缀之。

　　宗教始终是信仰，哲学始终是怀疑，曾经长时期地把信仰和怀疑招揽在一起，以致千百年混沌不开。

从宗教家一动怀疑就形成叛逆这点事实看来，宗教是不可能作推理研究的。而从哲学家一萌信仰即显得痴骏这个症状而言，哲学又何必要妄自菲薄，去乞求神灵的启示。

二者皆不足奇，前者尤不足奇，后者至多奇在曾有那么多聪明绝顶的人，竟去攀缘茫茫天梯，平素事事发问而独独不问自己何以委身于这个一成不变的福利观念。

无神论亦因人而异。无神论已敝旧了，人还可以新鲜。新鲜的人的无神论是新鲜的。

尖 鞋

一个人，在极度危难的瞬间，肉体会突然失去知觉，例如将要被强行拔指甲，倏地整条臂膊麻木了。二次大战时纳粹的集中营里的犹太俘虏，就曾经发生过这种现象——是心理与生理至为难得的冥契吧——简直是一种幸福。

这奇迹，一次也没有发生在我的臂膊上、心灵上、头脑上。在积水的地牢里我把破衫撕成一片片，叠起来，扎成鞋底，再做鞋面，鞋面设洞眼，可以缬带。这时世界上（即城市的路上）流行什么款式呢，我终

41

于做成比较尖形的。两年后，从囚车的铁板缝里热切地张望路上的行人，凡是时髦的男女的鞋头，都是尖尖的——也是一种幸福。我和世界潮流也有着至为难得的冥契。金字塔、十字架、查理曼皇冠、我的鞋子，是一回事中的四个细节，都是自己要而要得来的。我便不多羡慕那条将要被强行拔指甲而突然整个儿麻木的臂膊了。

我已经长久不再羡慕那条犹太人的臂膊了。

第二辑

呓　语

别的，不是我最渴望得到的，我要尼采的那一分用过少些而尚完整的温柔。

李商隐活在十九世纪，他一定精通法文，常在马拉美家谈到夜深人静，喝棕榈酒。

莎士比亚吗,他全无所谓,随随便便就得了第一名。幸亏艺术上是没有第一名的。

吴文英的艺术年龄很长，悄悄地绿到现代，珍奇的文学青苔。

拜伦死得其所死得其时，鸡皮鹤发的拜伦影响世界文学史的美观。

过多的才华是一种危险的病，害死很多人。差点儿害死李白。

竟是如此高尚其事，荷马一句也不写他自己。先前是不谈荷马而读荷马，后来是不读荷马而谈荷马。

如果抽掉杜甫的作品，一部《全唐诗》会不会有塌下来的样子。

但丁真好，又是艺术，又是象征。除了好的艺术，是还要有人作好的象征。有的人也象征了，不好。

歌德是丰饶的半高原，这半高原有一带沼泽，我不能视而不见，能见而不视。

嵇康的才调、风骨、仪态，是典型吗？我听到"典型"二字，便恶心。

在我的印象中，有的人只写，不说话，例如大贤大德的居斯塔夫·福楼拜。永恒的单身汉。

我试图分析哈代的《苔丝》的文学魅力，结果是从头到底又读了一遍，听见自己在太息。

在决定邀请的名单中，普洛斯佩·梅里美先生也必不可少，还可以请他评评各种食品。

纪德是法兰西的明智和风雅，有人说他不自然，我一笑。何止不自然……

津津乐道列夫·托尔斯泰矛盾复杂的人，他自己一定并不复杂矛盾。

《老人与海》是杰作，其中的小孩是海明威的一大败笔。

许多人骂狄更斯不懂艺术——难怪托尔斯泰钟情于狄更斯，我也来不及似的赞美狄更斯。

还有，像陀思妥耶夫斯基的那种诚恳，只有陀思妥耶夫斯基才有。

庄周悲伤得受不了，跟跄去见李聃，李聃哽咽道：亲爱的，我之悲伤更甚于尔。

如果法兰西终年是白夜，就不会有普鲁斯特。

睿智的耶稣，俊美的耶稣，我爱他爱得老是忘了他是众人的基督。

如果说风景很美，那必是有山有水，亚里士多德是智慧的山智慧的水。

蒙田，最后还是请神父到床前来，我无法劝阻，相去四百年之遥的憾事。

论悲恸中之坚强，何止在汉朝，在中国，在全世界从古到今恐怕也该首推司马迁。

如果必得两边都有邻居，一边先定了吧，那安安静静的孟德斯鸠先生。

塞万提斯的高名，出乎他自己的意料，也出乎我的意料，低一点点才好。

勃拉姆斯的脸，是沉思的脸，发脾气的脸。在音乐中沉思，脾气发得大极了。

时常苦劝自己饮食，睡眠。列奥纳多·达·芬奇。

康德是个榜样，人，终生住在一个地方，单凭头脑，做出非同小可的大事来。

真想不到俄罗斯人会这样的可爱，这了不起的狗崽子兔崽子普希金。

别再提柴可夫斯基了，他的死……使我们感到大家都是对不起他的。

阮嗣宗口不臧否人物，笔不臧否人物——这等于人睡在罐里，罐塞在瓮里，瓮锁在屋子里。下大雨。

在西贝柳斯的音乐中，听不出芬兰的税率、教育法、罚款条例、谁执政、有无死刑。艺术家的爱国主义都是别具心肠的。

老巴赫，音乐建筑的大工程师，他自我完美，几乎把别人也完美进去了。

"所以嵇中散，至死薄殷周"，晋代最光晔的大陨星，到宋朝又因一位济南女史而亮了亮，李清照不仅是人比黄花瘦。

莫扎特除了天才之外，实在没有什么。

莫扎特的智慧是"全息智慧"。

贝多芬在第九交响乐中所作的规劝和祝愿，人类哪里就担当得起。

他的琴声一起，空气清新，万象透明，他与残暴卑污正相反，肖邦至今还是异乎寻常者中之异乎寻常者。

海明威的意思是：有的作家的一生，就是为后来的另一作家的某个句子作准备。我想：说对了的，甚至类同于约翰与耶稣的关系。

本该是"想像力"最自由，"现实主义"起来之后，想像力死了似的。加西亚·马尔克斯又使想像力复活——我们孤寂了何止百年。

当爱因斯坦称赞起罗曼·罗兰来时，我只好掩口避到走廊一角去吸烟。

有朋友约我同事托马斯·阿奎纳的《神学大全》的研究，我问了他的年龄，又问了他有否作了人寿保险。

唯其善，故其有害无益的性质，很难指陈，例如一度不知怎的会号称法国文坛导师的罗曼·罗兰。

那天，司汤达与梅里美谈"女人"，司汤达占上风，说梅里美压根儿不会写女人。然而单一个《卡门》，够热，大热特热到现在，怎么样？米兰老兄阿里哥·贝尔先生。

《源氏物语》的笔调，滋润柔媚得似乎可以不要故事也写得下去——没有故事，紫式部搁笔了。

柏拉图、亚里士多德，他们好像真的在思想，用肉体用精神来思想，后来的，一代代下来的哲学家，似乎是在调解民事纠纷，或者，准备申请发明专利权。

第一批设计乌托邦的人，是有心人……到近代，那是反乌托邦主义者才是有心人了。

"崇拜"，是宗教的用词，人与人，不可能有"崇拜者"和"被崇拜者"的关系——居然会接受别人的崇拜，必是个卑劣狂妄的家伙，去崇拜这种家伙？

反人文主义者是用鼻子吃面包，还是要使面包到肚子里去。

当"良心""灵魂"这种称谓加之于某个文学家的头上时，可知那里已经糟得不堪不堪了。

希腊神话是一大笔美丽得发昏的糊涂账，这样糊涂这样发昏才这样美丽。

四个使徒四种说法，《新约》真够意思。耶稣对自己的言行纪录采取旁观者的态度。

俄罗斯一阵又一阵的文学暴风雪，没有其他的词好用了，就用"暴风雪"来形容。

真太无知于奴隶的生、奴隶的死、奴隶的梦了，"敦煌"的莫高窟，是许多奴隶共成的一个奇艳的梦结。

"三百篇"中的男和女，我个个都爱，该我回去，他和她向我走来就不可爱了。

我去德国考察空气中的音乐成分，结果德国没有空气，只有音乐。

意大利的电影不对了，出了事了，人道主义发狂了，人道主义超凡入圣了。

我一开始就不相信甘地有什么神圣，到一九八四年，伪装终于剥掉，我正在佩服自己的眼力还真不错哩。

断代史不断，通史不通，史学家多半是二流文学家，三流思想家。

　　凡是爱才若命的人，都围在那里大谈其拿破仑。

　　希特勒才是一把铁梳子，除了背脊，其他全是牙齿。

　　"自为"是怎样的呢，是这样——恺撒对大风大浪
中的水手说："镇静，有恺撒坐在你船上。"

　　"自在"是怎样的呢，是这样——船翻了，恺撒和
水手不见了。

　　鹤立鸡群，不是好景观——岂非同时要看到许多
鸡吗。

俳　句

水边新簇小芦苇　青蛙刚开始叫　那种早晨

村鸡午啼　白粉墙下堆着枯秸　三树桃花盛开

使你快乐的不是你原先想的那个人

雨还在下全是杨柳

蜜蜂撞玻璃　读罗马史　春日午后图书馆

落市的菜场　鱼鳞在地　番茄十分疲倦

鸟语　晴了先做什么

带露水的火车和带露水的蔷薇虽然不一样

春朝把云苔煮了　晾在竹竿上　为夏天的粥

路上一辆一辆的车很有个性

也不是战争年代　一封读了十遍的信　这信

青青河畔草足矣

狱中的鼠　引得囚徒们羡慕不止

在病床上觉得来探望的人都粗声大气

流过来的溪水　因而流过去了

江南是绿　石阶也绿　总像刚下过雨

蝉声止息　远山伐木丁丁　蝉又鸣起来

风夜　人已咳不动　咳嗽还要咳

重见何年　十五年前一夜而苍黄的脸

日晴日日晴　黄尘遮没了柳色

狗尾草在风里颤抖　在风里狗尾草不停地颤抖

开始是静　静得不是静了　披衣出门

夏雨后路面发散的气息　也撩人绮思

后来常常会对自己说　这样就是幸福了

用过一夏的扇子汆在肮脏的河水上

还没分别　已在心里写信

北方的铁路横过浓黑的小镇　就只酒店里有灯光

月亮升高　纤秀的枯枝一起影在冰河上

我的童年　还可以听到千年相传的柝声

那时也是春夜所以每年都如期想起来

一个小孩走在大路上　还这么小　谁家的啊

傍晚　走廊里的木屐声　过去了

那许多雨　应该打在荷叶上似的落下来

小小红蜻蜓的纤丽　使我安谧地一惊

摸着门铰链涂了点油　夜寂寂　母亲睡在隔壁

与我口唇相距三厘米的　还只是奢望

伴随了两天　犹在想念你

一个大都市　显得懒洋洋的时候　我理解它了

车站话别　感谢我带着胡髭去送行

剑桥日暮　小杯阿尔及尔黑咖啡　兴奋即是疲倦

又从头拾回把柠檬汁挤在牡蛎上的日子

草地游乐场上　有的是多余的尖叫

靥靥夏夜　回来时　吉卜赛还在树下举灯算命

教堂的尖顶的消失　永远在那里消失

飞镖刺气球的金发少年　一副囊括所有青春的模样

旋转旋转　各种惊险娱乐　满地尸肠般的电缆

听说巴黎郊外的老一辈人　尚能懂得食品的警句

希腊的贴在身上的古典　那是会一直古典下去的古典

他忘掉了他是比她还可爱得心酸的人

那灯　照着吉卜赛荒凉的胸口　她代人回忆

紫丁香开在楼下　我在楼上　急于要写信似的

再回头看那人并不真美丽我就接下去想自己的事了

大西洋晨风　仿佛闻到远得不能再远的香气

细雨扑面　如果在快乐中　快乐增一倍

今天是美国大选的日子　我这里静极了

那明信片上的是去年的樱花　樱花又开了

汉蓝天　唐绿地　彼之五石散即我的咖啡

久无消息　来了明信片　一个安徒生坐在木椅上

为何蒙然不知中国食品的精致是一种中国颓废

这家伙　瓦格纳似的走了过来

送我一盆含羞草　不过她是西班牙舞娘

在波士顿三天　便想念纽约　已经只有纽约最亲
的了

又在流行烛光晚餐　多谢君子不忘其旧

那个在希腊烤肉摊上低头吃圆薄饼的男人多半是我

阒无一人的修道院寂静浓得我微醺

读英格丽·褒曼传　想起自己的好多苍翠往事

正欲交谈　被打扰了　后来遇见的都不是了

壁炉前供几条永远不烧的松柴的那种古典呵

为何废墟总是这样的使我目不暇给

风夜的街　几片报纸贴地争飞　真怕自己也是其中
之一

开车日久　车身稍一触及异物　全像碰着我的肌肤

两条唱槽合并的残伤者的爱情誓言

我于你一如白墙上的摇曳树影

雪花着地即非花

朝夕相对的是新闻纸包起来的地球

我是病人　你是有病的医生　反之亦然

表面上浮着无限深意的东西最魅人

照着老妪　照着秋千　公园的日光

谁都可以写出一本扣人心弦的回忆录来

我与世界的勃谿　不再是情人间的争吵

慵困的日子　窗前茑萝比我有为得多

只有木槿花是卷成含苞状　然后凋落

椭圆形的镜中椭圆形的脸

晾在绳索上的衣裳们　一起从午后谈到傍晚

信知贤德的是欲乐潮平后的真挚絮语

永恒　也不可爱　无尽的呆愕

世上所有的钟　突然同时响起来　也没有什么

我们知道窗外景致极美　我们没有拉开帘幔

新的建筑不说话　旧的建筑会说话

衰老的伴侣坐在樱花下　以樱花为主

温带的每个季节之初　都有其神圣气象

蓝绣球花之蓝　蓝得我对它呆吸了半支烟

植物的骄傲　我是受得了的

午夜的流泉　在石上分成三股

远处漠漠噪声和谐滚动低鸣　都是青春

黑森林　不是黑的森林

家宅草坪上石雕耶稣天天在那里

其实快乐总是小的　紧的　一闪一闪的

幼者的稚趣之美是引取慈爱的骗局

难忘的只剩是莱茵河鲤鱼的美味

黑夜中渡船离岸　烟头红星　是人

乡村暮色中野烧枯秸的烟香令人销魂

幸亏梦境的你不是你　我也毕竟不是我

一天到晚游泳的鱼啊

冰箱中的葡萄捧出来吊在窗口阳光中　做弥撒似的

夏未央　秋虫的繁音已使夜色震颤不定

冬日村姑的艳色布衫　四周仍然是荒漠

桃花汛来青山夹峙中乘流而下竹筏上的美少年

但是有些人的脸　丑得像一桩冤案

山村夤夜　急急叩门声　虽然是邻家的

乏味　是最后一种味

满目浓浓淡淡的伧俗韵事

路上行人　未必提包而无不随身带着一段故事

忽然　像是闻到湿的肩膀的气味

漫漫灾劫　那种族的人　都有一张断壁颓垣的脸

记忆里的中国　唯山川草木葆蕴人文主义精髓

已错得鞋子穿在袜子里了

瞑目　覆身　悠远而弥漫的体温

我尊敬杏仁胡椒芥末姜和薄荷

谁都记得医院走廊上那片斜角的淡白阳光

真像上个世纪的灯塔看守者那样热心于读报么

冬天的板烟斗　温如小鸟在握

后来月光照在河滩的淤泥上　熔银似的

乡镇夜静　窗钩因风咿呀　胸脯麦田般起伏

久不见穿过木雕细棂投落在青砖地上的精美阳光

习惯于灰色的星期日　那六天也非黑白分明

孤独是神性　一半总是的

蓬头瘦女孩　蹲在污水沟边　仔仔细细刷牙齿

黄尘蔽天的北地之春　杨柳桃花是一番挣扎

寂寞是自然

好　撞在这个不言而喻都变成言而不喻的世纪上了

一天比一天柔肠百转地冷酷起来

那个不看路牌不看门号就走进去的地方

我所歆享的　都是从朋友身上弹回来的欢乐

总是那些与我无关的事迫使我竭力思考

我有童年　火车飞机也有童年　都很丑的

小路弯弯地直着消失了　羊群随之而不见

柳树似的把我的偏见一条条绿起来挂下来

爬虫游鱼　飞禽走兽　也常常发呆

包装杯盘的空匣子扔在路角

白帽脏得不堪时　还是叫它白帽

苍翠茂林中的几枝高高的枯木　雨后分外劲黑

摇呀摇的年轻人的步姿　总因为时间银行里存款多

市郊小商店里廉价的罗珂珂铜床　豪华死了

风景　风景吗　风景在人体上

人们习惯于把一只自己的手放在自己的另一只手上

秋午的街　无言的夫妻走着　孩子睡在推车里

少年人的那种充满希望的清瘦

靛蓝而泛白的石洗牛仔裤是悦目的　那是中年人的爱

每天每天　在寻找一辆圣洁美丽的垃圾车

两个多情的人　一间滨海的小屋　夜而不爱

秋初疲倦　秋深兴奋起来　那些树叶

厨房寂寂　一个女人若有所思地剥着豆子

麻雀跳着走　很必然似的

孩子静静玩　青年悄悄话　老人脉脉相对

谁也不免有时像一辆开得飞快的撞瘪了的汽车

他说　他有三次初恋

光阴改变着一切　也改变人的性情　不幸我是例外

余嗜淡　尝一小匙罗珂珂

胖子和瘦子　难免要忘我地走在一起

常在悲剧的边沿抽纸烟　小规模地回肠荡气

人之一生　必需说清楚的话实在不多

我曾是一只做牛做马的闲云野鹤

能与当年拜占庭媲美的是《伽蓝记》中的洛阳呀

坐在墓园中　四面都是耶稣

我好久没有以小步紧跑去迎接一个人的那种快乐了

那时的我　手拿半只橙子　一脸地中海的阳光

自身的毛发是人体最佳饰物

可惜宗教无能于拯救人类和上帝　可惜

善则相思即披衣　恶则鸡犬不相闻

万木参天　阒无人影　此片刻我自视为森林之王

全身铠甲在古堡中嗑坚果吃龙虾的骑士们啊

现代比古代寂寞得多了

又是那种天性庸琐而鬼使神差地多读了几本书的
人吧

余取雄辩家的抿唇一笑

极幽极微的有些什么声音　那是通俗的静

我常常看到　你也常常看到造物者的败笔吗

曼哈顿大街人人打扮入时　谁也不看谁又都是看
见了的

没脚没翅的真理　争论一起　它就远走高飞

甘美清凉的是情侣间刚刚解释清楚的那份误会

常说的中国江南应分有骨的江南　无骨的江南

九十五岁的大钢琴家鲁宾斯坦　一双手枯萎了

万头攒动火树银花之处不必找我

上帝真是狡狯而无恶意的吗　你这个爱因斯坦哪

一长段无理的沉默之后　来的总是噩耗凶讯

我宠爱那种书卷气中透出来的草莽气

草莽气中透出来的书卷气也使我惊醒

这些异邦人在想什么啊

地下车好读书　各色人种的脸是平装精装书

我的脸也时常像街角掉了长短针的钟面

灵感之句　是指能激起别人的灵感的那种句子

那个极像玫瑰花的家伙真的一点也不像了

在寂静而微风之中写作　是个这样的人

当你不知如何是好的时候我正打算迁徙

今天上帝不在家　去西班牙看那玩艺去了

比幸福　我不参加　比不幸　也不参加

因为喜欢朴素所以喜欢华丽

又在威尼斯过了一个不狂不欢的狂欢节

如欲相见　我在各种悲喜交集处

能做的事就只是长途跋涉的归真返璞

风　言

"温柔敦厚"，好！

也别怕"尖"和"薄"，试看拈针绣花，针尖、缎薄，绣出好一派温柔敦厚。

伟大的艺术常是裸体的，雕塑如此，文学何尝不如此。

中国文学，有许多是"服装文学"，内里干瘪得很，甚至槁骨一具，全靠古装、时装、官服、军服，裹着撑着的。

有血肉之躯，能天真相见的文学，如果还要比服装，也是可嘉的，那就得拿出款式来；乱穿一气，不是脚色。

三十年代有一种"文明戏"，南腔北调，古衫洋履，二度梅加毛毛雨，卖油郎 and 茶花女，反正随心所欲，自由极了。

不见"文明戏"久矣，在文学上好像还有这种东西。

"鉴赏力"，和"创作力"一样，也会衰退的。

滥情的范畴正在扩散，滥风景、滥乡心、滥典、滥史、滥儒、滥禅……

人的五官，稍异位置，即有美丑之分，文章修辞亦当作如是观。

时下屡见名篇，字字明眸，句句皓齿，以致眼中长牙，牙上有眼，连标点也泪滴似的。

把文学装在文学里，这样的人越来越多了。

"文学"是个形式，内涵是无所谓"文学"的。

有人喜悦钮子之美，穿了一身钮子。

从"文学"到"文学"，行不多时，坐下来了——水已尽，没见云起……在看什么？看自己的指甲。

贪小的人往往在暗笑别人贪大——尤其在文学上，因为彼等认定"小"，才是文学；"大"，就不是文学了。

也有贪大贪得大而无当乃至大而无档者，那是市井笑话非复文坛轶话了。

五四以来，许多文学作品之所以不成熟，原因是作者的"人"没有成熟。

当年"西风东渐"，吹得乍卸古衣冠的"中国文学"纷纷感冒。半个世纪过去，还时闻阵阵咳嗽，不明底细的人以为蛙鼓竞噪，春天来了。

为了确保"现代的风雅"，智者言必称"性感"，行必循弗洛伊德的通幽曲径，就像今天早晨人类刚刚发现胯间有异，昨日傍晚新出版《精神分析学》似的。

在走，在走火，走火入魔，走火出魔。
更多的是火也没有走，入了魔了。

评论家是怎样的呢，是这样——他拍拍海克里斯的肩："你身体不错。"他又摸摸阿波罗的脸："你长相不俗。"因为他认定自己膂力最大，模样儿最俊。

文学是什么，文学家是什么，文学是对文学家这个人的一番终身教育。

之所以时常不免涉及古事古人，可怜，再不说说，就快要没有"后之视今亦犹今之视昔"的坐标感了。
亦偶逢有道古人古事者，跫然心喜，走近听了几句，知是"古钱牌"功夫鞋的推销员。

在三十世纪的人的眼里，二十世纪最脱离现实的艺术作品，也是二十世纪的一则写照。

"知性"与"存在"之间的"明视距离"，古代不远，中世远了些，近纪愈来愈远。

为地球摄像，得在太空行事。虽然这个比喻嫌粗鄙。

时至今日，不以世界的、历史的眼光来看区域的、实际的事物，是无法得其要领的——有人笑我："用大字眼！"我也笑，笑问："你敢用？"

情理之中，意料之外。这是昨日之艺术。
情理之中之中，意料之外之外。这是今日之艺术。
明日之艺术呢，再加几个"之中""之外"。
再加呀。

有鉴于圣佩夫医福楼拜、福楼拜医莫泊桑，有鉴于书评家法兰克·史文勒顿之医葛拉罕·格林，用足了狼虎之药，格林到八十岁还感德不尽……

宜设"文学医院"。

"文学医院"门庭若市，出院者至少不致再写出"倒也能帮助我恢复了心理的极度的疲乏"这样的句子来。

如果，是别人写了一部《红楼梦》，曹雪芹会不会成为毕生考证研究《红楼梦》的大学者。

批评家的态度，第一要冷静。第二要热诚。第三要善于骂见鬼去吧的那种潇洒。第四，第四要有怆然而涕下的那种泼辣。

有人，说：其他的我全懂，就只不懂幽默。
我安慰道：不要紧，其他的全不懂也不要紧。

某现代诗人垂问：宋词，到后来，究竟算是什么了？
答：快乐的悲哀和悲哀的快乐的手工艺品。

几乎什么都能领会，几乎什么都不能领会——人与艺术的关系所幸如此，所不幸如此。

在艺术上他无论如何不是一个实用主义者，而他触及很多艺术品触及许多艺术家时，心里会不住地嘀咕：这有什么用呢，这有什么用啊。

"雅"，是个限度，稍逾度，即俗。

这个世界是俗的，然而"俗"有两类：可耐之俗，不可耐之俗。

逾度的雅，便是不可耐之俗。

曹雪芹精通英、法、德、意、西班牙五国文字，梵文、拉丁文则两相滚瓜烂熟，就是中文不怎么样，差劲。

文学的不朽之作，是夹在铺天盖地的速朽之作必朽之作中出现的，谁人不知，谁人又真的知道了。

虚晃一招，是个办法；虚晃两招三招，还不失为莫奈何中的办法；招招虚晃，自始至终虚晃，这算什么呢。

更滑稽的是旁观者的喝彩。

尤滑稽的是远里听见了喝彩声，就自庆适逢其会，自诩参预其盛了。

以上指的理应是得失寸心知的文章千古事。

大约有两种，一种是到头来会升华为素澹的绮丽，另一种是必将落得靡散的绮丽。

少年爱绮丽，就看他和她爱的是哪一种。

他忽然笑道：

不再看文章了，看那写文章的人的脸和手，岂非省事得多。

天性是唯一重要的——单凭天性是不行的。

才能，心肠，头脑，缺一不可。三者难平均；也好，也就此滋生风格。

中国现代文学史，还得由后人来写（那就不叫"现代"而是以"世纪"来划分了）。目前已经纂成的，大抵是"文学封神榜""文学推背图"。

舐犊情深或相濡以沫，是一时之德权宜之计，怎么就执著描写个没完没了；永远舐下去，长不大？永远濡下去，不思江宽湖浚？

热情何用，如果所托非人。德操何取，如果指归错了。智能何益，如果借以肆虐，或被遣使去作孽。

迷路于大道上的人嗤笑迷路于小径上的人，后者可怜，前者可怜且可耻。

友谊的深度，是双方本身所具的深度。浅薄者的友谊是无深度可言的。西塞罗他们认为"只有好人之间才会产生友谊"，还是说得太忠厚了。

小灾难的垒起而丛集，最易挫钝一个国族的智力。

凋谢的花，霉烂的果，龙钟的人，好像都是一种错误——既是规律，就非错误，然而看起来真好像都是错误。

真正聪明的人能使站在他旁边的人也聪明起来，而且聪明得多了。

爱情是个失传的命题。爱情原本是一大学问，一大天才；得此学问者多半不具此天才，具此天才者更鲜有得此学问的。

师事，那是以一己的虔诚激起所师者的灵感。

坏人，心里一贯很平安，在彼看来，一切都是坏的，坏透了——彼还常常由于坏不过人家而深感委屈。

后来，我才明白，开始做一件事的时候，这件事的结局已经或近或远地炯视着我。

自身的毒素，毒不死自身，此种绝妙的机窍，植物动物从不失灵，人物则有时会失灵，会的，会失灵的。

那人，那些人，只有一点点不具反省力的自知之明。

安诺德以为"诗是人生的批评"。若然，则"批评是人生的诗"，"人生是诗的批评"，"诗的批评是人生"。
明摆着的却是：诗归诗。批评归批评。人生归人生。

一贯说假话的人，忽然说了句真话——那是他开始欺骗自己了。

我所说的诚恳，是指对于物对于观念的诚恳；能将诚恳付与人的机缘，越来越少。

不幸中之幸中之不幸中之幸中之……
谁能置身于这个规律之外。
理既得，心随安，请坐，看戏（看自己的戏）。

成功，是差一点就失败了的意思。

任何一项盛举，当它显得使多数人非常投入的时刻到来，我遁逸的决心便倏尔蹶起。

人的快乐，多半是自以为快乐。
植物动物，如果快乐，真快乐。

苏格兰诗人缪尔自称是个负债者，负于人、兽、冬、夏、光、暗、生、死。因而使我悚然自识是个索债者，一路索来，索到缪尔的诗，还不住口住手。

当某种学说逐渐形成体系，它的生命力便趋衰竭。

有人搔首弄姿，穿文学之街过文学之巷……下雨了……那人抖开一把缀满形容词的佛骨小花伞，边转边走。

把银苹果放在金盘上吧，莎士比亚已经把金苹果放在银盘上了。

智力是一种弹力，从早到晚绷得紧紧的人无疑是蠢货。

一个性格充满矛盾的人，并没有什么，看要看是什么控制着这些矛盾。

爱情来了也不好去了也不好，不来不去也不好，爱情是麻烦的。

余之所以终生不事评论，只因世上待解之结多得无法择其尤。

有许多坏事，都是原来完全可以轻易办好的事。

比喻到了尽头，很糟糕——一只跳蚤拥有百件华袍，一件华袍爬着百只跳蚤。

快乐是吞咽的，悲哀是咀嚼的；如果咀嚼快乐，会嚼出悲哀来。

人类文化史，二言以蔽之……自作多情，自作无情。

大义凛然，人们着眼于大义，我着眼于凛然。

其实世界上最可爱的是花生米。

若有人不认同此一论点，那么，花生酱如何。

当我从社交场中悄然逸出，驱车往动物院驰去时，心情就一路霁悦起来。

先天下之忧而忧而乐

后天下之乐而乐而忧

（既有识见如此，怎不令人高兴）

（居然谦德若是，实在使我痛惜）

安德烈·纪德大概有点不舒服了，所以说：

"别人比成功，我愿比持久。"

至少这句话是可以持久的。

看来普鲁斯特比乔伊斯持久。看来莎士比亚还要持久——他诚恳。

要使福楼拜佩服真不容易，然而他折倒于托尔斯泰，兼及屠格涅夫。

托尔斯泰呢，力赞狄更斯。狄更斯呢，福楼拜说他根本不会写小说，因为一点也不懂艺术。

就这样——不这样又怎么样。

也不是伏尔泰一人参悟精微的悲观使人颖慧旷达仁慈，粗疏的乐观使人悖谬偏激残暴。历史中多的是大大小小的实例——明乎此，然后一转背，便是可见的未来。

已经有那么多的艺术成果，那么多那么多，足够消受纳福到世界末日。

全球从此停止造作艺术，倒会气象清澄些。

那些自以为"开门见山"的人，我注视了——门也没有，山也没有。

可以分一分，既然弄糊涂了，分一分吧：
有些人爱艺术品，有些人爱艺术。

好些事，本是知道的，后来怎么不知道了，现在又知道了——人类文化史应该这样写。

上了一些当。
以后还是会上当的，不过那些当不上了。

知足常乐，说的是十个手指。

生活的过程，是个自我教育的过程。常常流于无效的自我教育的过程。然而总得是个自我教育的过程。

宠誉不足惊，它不过是与凌辱相反，如已那般熟知于凌辱，怎会陌生于宠誉呢。

在新闻纸一角看到：
"……世界上爱好真理的男人女人……"
我大为吃惊。

怀疑主义者其实都是有信仰的人……嘘，别嚷嚷。

此时此地，念及尼采，并非原来那个尼采。早有人说尼采主义存在于尼采之前，我指的是尼采主义之前的那个太朴初散的尼采，亦即尼采之后的透视尼采之大不足的那个尼采。

当九个人呢喃"温柔敦厚"的夜晚，至少一个人呼啸"雄猛精进"——总共只有十个人哪。

第三辑

上　当

　　把都市称为"第二自然"，混凝土森林，玻璃山，金属云⋯⋯越说越不像话。

　　所谓自然，是对非自然而言，第二自然是没有的。文明创造了人工，或曰人工创造了文明。人工可以搬弄一些自然因素，煞有介事；百货公司里的大瀑布，耶诞节橱窗中的雪景，蜡制水果，纸作花，布娃娃⋯⋯不是第二第三自然。

　　现代文明表现在生活节目上，最佳效果在于"交通"，人与物的运输和讯与息的传递，节省了多少光阴。

99

回想古代人的跋山涉水，车马的劳顿，舟楫的忧闷，误了大事，出了悲剧。爱因斯坦也认为现代人在航行通讯上做得还不错，值得向五千年后的人类说一说，其他呢，爱因斯坦发了点脾气，发给五千年后的人类看，意思是但愿他们看到我们的荒谬、自作孽，感到奇怪（那就好了）。

这种给后世人写信的"设计"，是浪漫主义的。

都道浪漫主义过去久矣——浪漫主义还在，还无孔不入，蔓延到宇宙中去了。大学者们一脸一脸冷静冷淡地谈论它，全没有想到：不是浪漫主义不是人。

青年想恋爱，中年想旅游，老年想长寿，不是浪漫主义是什么。

本来这样也很好，可是都市、上班族、公寓、超级市场、地下车，都不浪漫。

住在匣子中真无趣，罐头食品真乏味，按时作息真不是人，一年四季有葡萄西瓜真不稀奇，没有地平线海平线真不能胸襟开阔。

这是个代替品的时代，爱情的代替品、友谊的代替品、现成真理、商标微笑、封面女郎男郎、头号标题新闻、真空艺术、防腐剂永恒、犯罪指南……

必不可少的空气调节器，失掉了季节感，季候风。"山高月小"是指摩天楼顶上的一块亮斑，"水落石出"无非因为街角喷泉出了故障。现代没有英雄神话，只有许多冠军，第一奖获得者，啤酒泡沫般的畅销书。

中世纪是黑暗的。但有人告诉我：如果我是当时的流浪汉，南欧或北欧都一样，走累了，坐在某家农民的门口，头戴圆帽的老妇人（在图画中还可以看到的那种光轮般的帽子）一声不响用木碗盛了新鲜的牛奶，双手端给我，我便喝了，对她笑，她对我笑，我起身上路，她进屋去，就这样。

那岂不是还是中世纪好，说它黑暗，史学家们一起写它黑暗，沉甸甸的史书中，怎么不见这位老妇人，这个流浪汉。

文学家应该着力补一补史学家的不足，否则我们真是上当了。

但　愿

"荒谬只是起点，而非终点。"加缪曾经这样说。

一个以文学艺术成了功出了名的人，即使人格十分完美，作品却不是件件皆臻上乘，难免有中乘的、下乘的。"荒谬之神"笑眯眯地走过来，目光落在下乘之作上，签名！只要那个出了名的人签了名，再糟的东西也就价值连城。

整个世界艺术宝库中，有多多少少东西其实是巨匠大师的不经心之作，本该是自我否定了的，我们不会看见听到的。难得有几位高尚其事的艺术家，真正做到了洁身自好，把不足道的作品在生前销毁，这是自贞，是节操，是对别人的尊重。据说米开朗琪罗是将许多草稿烧掉了的，托尔斯泰也十分讲究，福楼拜没有留下次品——这才够艺术家。

艺术在于"质"，不在于"量"。波提切利凭《维纳斯的诞生》和《春》，足够立于美术史上的不败之地。可叹的却是有这样的日记出现在某文豪的精装本全集中："晨起，饮豆浆一碗。晚，温水濯足，入寝。"

世上伟大的艺术品已不算少，每次大战，慌于保藏，如果真的末日到来，真要先为之发狂了。

然而大师的废物也真多，占了那么宝贵的地盘，耗去那么多的人力物力，更有人把废物奉为瑰宝，反而模糊了大师的真面目。

鉴定家做了很多有意义的工作，却也做了废物的保证人，再低劣的东西，出于谁手就是谁的；作为收藏者的个人或国家，也就此理得心安，全没想到他们拥有的原来是废物。

如果人类真的会进化，那么进化到某一高度，大师们的废物会得到清除，以慰大师的在天之灵——那时的图书馆、美术馆、博物馆，气象澄清，穆穆雍雍，出现了天堂般的纯粹。

清除了的废物，纳入电脑系统，供必要时查考。每一代的年轻人都常有失去自信的时候，在此危机中，教师可带他们去看看，意思是：一日之能画，不足以言一生之能画，一日之不能画，不足以言一生之不能画，余类推，等等。

现在却混乱得很，随时可以遇到堂而皇之的当道废物，为大师伤心，为欣赏者叫屈，为收藏家呼冤，有时不免哑然失笑。托尔斯泰老是担心如果耶稣忽然来到俄罗斯的乡村，这便如何是好？我担心的是外星球的来客会说："你们好像很爱艺术，就是还不知如何去爱。"

这是无数荒谬事实中最文雅幽秘的一大荒谬事实，因为其他的荒谬太直接相关利害，所以这种荒谬就想也没有去想一想。

这个世纪，是晕头转向的世纪，接着要来的世纪，也差不多如此。该朽的和该不朽的同在，这不是宽容，而是苟且。我们在伦理、政治的关系上已经苟且偷安得够了，还要在艺术、哲学的关系上苟且偷安——可怜。

但愿加缪说得对，虽然他死于荒谬的车祸。

真 的

星期一早晨，匆匆忙忙赶程上班的人，仿佛齐心协力制造美妙的合理的世界。

这些那些赶程上班的人都是毫无主见的，即使少数有其主见，用不出来，还是等于毫无主见。

上班，上班，上班，上班。

为某种主见而服役——付出代价的雇人执行其主见的那个呢，多半是可尊敬的利己主义者，利己主义者多半是不择手段，不择手段多半是什么事都做得出来，譬如：制毒贩毒，资本垄断，权力集中，用信仰的名义来杀人，写几本祸害一代两代人的强迫畅销书……

上班上班上班上班。

必然的王国必然地过去了，自由的王国自由得不肯来，现在是什么王国呢。这个查之有头、望不见尾的"现在"……

理想主义者的最大权利是：请放心，永远可以拥有你的理想。此外，请按时上班，上班，上班上班，一万理想主义者为一个利己主义者服役，五十万利己主义者需要多少理想主义者为其服役——足够把世界弄成……哪，就是现在这样子。

旅游事业公司的广告是：

"世界各地风光旖旎。"

这话也是真的。

再　说

　　中国的文士在世界上嘤嘤求友，说，还是与法国文士能意趣相投，莫逆、通脱，在于风雅，云云。

　　纪德，梵乐希，当年都有中国朋友。据中国朋友的记述：当时谈来极为融融泄泄，别后还通讯，赠书，等等。那是很可喜的，很可怀念的文坛往事。后来，纪德的中国朋友，惊人地作为了一番：出卖纪德，诬言纪德毒害了他，才弄得他去毒害别人（他想活自己的命，纪德那时已经逝去）。可悲可笑的是，如果他不这样做，也能活命的，他这样做了，也没有得到诰赏，而且很快就死了——他取的是下策，而且失策……梵乐希的中国朋友则没没无闻，后来更没没无闻，原因倒并非"聊乘化以归尽，乐夫天命复奚疑"。不是的，原因是一直写不好诗，写不好文，长年懒怠，以卖老告终，卖价很低。不过他常说：梵乐希曾与他一同散步，曾当他的面表示倾倒于陶渊明——我想，也可能有这样的情况发生。

梵乐希称颂陶渊明：陶渊明的朴素是一种大富翁的朴素——我听了不能不高兴，继之不能不怀疑，梵乐希先生是否体识陶渊明先生的哀伤。

陶渊明的境界常使我忧愁，总有什么事故干扰他的，世界早已是这样地平静不了半天，而且，自己会干扰自己。饮酒，为的是先平静了自己再说。

我们已经潇洒不来了。

"以后再说吧。"这话算是最潇洒的了。

很　好

　　昨天我和她坐在街头的喷泉边，五月的天气已很热了，刚买来的一袋樱桃也不好吃，我们抽着烟，"应该少抽烟才对"。满街的人来来往往，她信口叹问："生命是什么呵？"我脱口答道："生命是时时刻刻不知如何是好。"（无言相对了片刻）她举手指指街面，指指石阶上的狗和鸽子，自言自语："真是一只只都不知如何是好，细想，细看，谁都正处在不知如何是好之中，樱桃怎么办，扔了吧，我这二十年来的不知如何是好，够证实你又偏偏说对了。"——我不需要进而发挥这个论点。

儿时，我最喜欢的不是糖果玩具，而是逃学、看戏。青春岁月，我最喜欢的不是爱情友谊，而是回避现实、一味梦想……中年被幽囚在积水的地窖中，那是"文字狱"，我便在一盏最小号的桅灯下，不停地作曲，即使狱卒发现了，至多没收乐谱，不致请个交响乐队来试奏以定罪孽深重之程度。

终于我意外地必然地飞离亚细亚，光阴如箭，二十世纪暮色苍茫了，我在新大陆还是日夜逃、避，逃过抢劫、凶杀，避开疱疹、艾滋——我这辈子，岂非都在逃避，反之，灾祸又何其无时不在无处不在。

她听了我这样的自诉，蔼然地称赞道：

"你是一个很好的悲观主义者。"

智　蛙

宇宙在扩张抑在收缩,测算上是"扩张说"占上风。

宇宙在扩张同时在收缩——这是玄学逻辑。也未必是玄学逻辑。

俄国钢琴家奈高兹发现乐曲中如果有一段是快节奏,另一段是慢节奏,那么快慢的时值往往是正好互补为均等。

冥冥之中,有一律令,它以得为失,以失为得。

宇宙不付出,不收入,无盈余,无亏损。如果可知的宇宙消失了,那是它入了不可知的宇宙。可知与不可知是人的分说，宇宙无可知，无不可知。

　　人类最像是靠退化来作成进化的。与生俱来的东西退化一分，就换得一分进化。到了把与生俱来的东西退化完了，就没有什么东西可以用来换取进化了。

　　从岩层中发现万年前的青蛙，和现在的青蛙一模一样，它没有花费与生俱来的东西。

　　有神论认为我们失的多，得的少。

　　无神论认为我们全是得的，没有失可言。

　　我所认知的是，失去的东西有适意的，有逆意的；得到的东西有逆意的，有适意的——又符合冥冥之中的无字无款的律令。

　　真是一点也不能自作主张么。

疯　树

　　有四季之分的地域，多枫、槭、檞等落叶乔木的所在——那里有个疯子，一群疯子。

　　每年的色彩消费量是有定额的。

　　由阳光、空气、水分、泥土联合支付给植物。它们有淡绛淡绿的童装，苍翠加五彩的青春衣裳，玄黄灰褐的老来服，也是殓衾。

　　它们就在露天更衣，在我们不经意中，各自济济楚楚，一无遗漏。

　　每年的四季都是新来客，全然陌生，毫无经验。

以致"春"小心从事，东一点点红，西一点点绿，"春"在考虑：下面还有三个季节，别用得不够了。就在已经形成的色调上，涂涂开，加加浓——这是"夏"。

凉风一吹，如梦初醒般地发觉还有这么多的颜色没有用，尤其是红和黄（"春"和"夏"都重用了青与绿，剩下太多的黄、红，交给花是来不及了，只好交给叶子）。

像是隔年要作废，尤其像不用完要受罚，"秋"滥用颜色了——树上、地上，红、黄、橙、赭、紫……挥霍无度，浓浓艳艳，实在用不完了。

我望望这棵满是黄叶的大树，怀疑：真是成千成万片叶子都黄了吗——全都黄了，树下还积着无数黄叶。

一棵红叶的大树也这样。

一棵又黄又红的大树也不保留春夏的绿。

就是这些树从春到夏一直在这里，我不注意，忽然，这样全黄全红整身招摇在阳光中（鸟在远里叫）。

这些树疯了。

（开一花，结一果，无不慢慢来，枇杷花开于九月，翌年五月才成枇杷果）

这些树岂不是疯了。这秋色明明是不顾死活地豪

华一场，所以接下来的必然是败骘——不必抱怨（兴已尽，色彩用完了）

如此则常绿树是寂寞的圣贤，简直不该是植物。

如此则这些疯树有点类似中年人的稚气，中年人的恋情——这流俗的悄悄话，不便多说。就是像。

一棵两棵疯黄疯红的树已是这样，成群成林的疯树……

我是第一个发现"大自然是疯子"的人吗？

那些树是疯了。

那些树真是疯了。

不　绝

一个半世纪彩声不绝，是为了一位法国智者说出一句很通俗的话：人格即风格。十八十九世纪还是这样的真诚良善。

近代，越来越近的耳鬓厮磨的近代，Buffon 这句话听不到了，淡忘？失义？错了？

从前的艺术家的风格，都是徐徐徐徐形成的，自然发育，有点受日月之精华的样子。地球大，人口少，光阴慢，物质和精神整个儿松松宽宽潇潇洒洒，所以：人格即风格。

当那时的艺术家或夭折或寿终之后，大家看其听其遗留下来或少或多的作品，回想他的或短或长的一生言行，作了或太息或赞美的定论——于是：人格即风格。

近到耳鬓厮磨的近代，好像人格不即风格了。

又好像近代人是无所谓格不格的。

也好像，世界这么小，人口这么多，光阴这么快，物质和精神对流得这么激烈，人哪能形成格呢。

风格？

风格倒多的是，风格是艺术的牌子、命根子——没有风格的艺术品是不起眼不起价的。

现代的现代玩意儿是什么，是风格的快速强化。

二十世纪后叶的艺术的全面特征是，撇开人格狂追风格。不能不惊叹真会作出那么多与人格无关的风格来。然而别慌张失措，布封的公式还是对的。

欠缺内涵的人格即不足持久的风格。

布封这句话到现在方始显出：一半是祝福，一半是警告。当祝福的滋味出乎布封的意外地穷竭了之后，警告的滋味出乎人们的意外地呈上来了。

我们苦乐难言忧喜参半地活在前人所料而不及的世界上，努力保持宽厚，却终究变得锲薄了，再不惕励，也要落入布封的话的后发的滋味中去的。

棉　被

俄罗斯的文学像一床厚棉被。

在没有火炉没有水汀的卧房里，全凭自己的体温熨暖它，继而便在它的和煦的包裹中了，一直到早晨，人与被浑然不分似的……这种夜，这种早晨，畴昔的夜畴昔的早晨。

久处于具备空气调节器的现代住宅中，自秋末到春初，只盖毛毯或羽绒薄衾，轻软固然是的，不复有深沉历史感的隆冬寒夜的认知了。

即使是畴昔的隆冬寒夜，睡入别人睡热的被窝总不及自己睡热的被来得洽韵，这是不可思议的，也从来没有人思议的事。翌日起身离床，没有意识到是一种性质属于"遗弃"的行为。人对人，真讲究，人对物，尽是些出尔反尔的措置。

晴美的冬日，最好是上午，是自己把棉被抱出来，搭在竹竿上，最好是夕照未尽，自己把棉被拍打一番便抱进去，入睡之际，有好闻的气味无以名之，或可名之为"太阳香"，是羞于告诉旁人或征询旁人的。过巨和过细的事物事理，都使人有顾忌，只能在心里一闪而逝。

俄罗斯的文学究竟像不像厚棉被，而且谁知道他们从前的冬天的卧具是否也以棉絮为主。而且长篇小说怎能和实际的历史比呢。历史，又怎能是实际的呢。许多人的生活是各自进行的，又是同时的，又是分散的，谁也不知别人是怎么样的，谁也不能把许多人的生活糊在一起写的——这样想想倒反而定了：俄罗斯的文学真是像一床厚棉被。

十九世纪的俄罗斯似乎全部是冬天，全部雪，全部夜，全部马车驿站，全部阿卡奇·阿卡耶维奇，彼得罗夫·彼得罗芙娜，全部过去了，全部在文学之中，靠自己的体温去熨暖它。

步　姿

主啊，你给予我双眼，使我见所欲见。

主啊，你给予我两耳，使我闻所愿闻。

感谢我主，为我制造同伴，都也有眼有耳，彼此可视可聆、可即可知。

主啊，一切都好，然而人们为何都在做戏，演技劣劣，使我看不下去听不下去。

人们住在有门的屋子里，门上有锁，多至三具。

人们把值钱的东西藏起来，因为有些家伙以偷窃为职业。

人们把不值钱的东西藏起来，宁可霉烂殆尽，也不愿施舍分散，这是为什么？

　　德性，慧能，爱心——凡是无法以钱作计算的，就是不值钱的东西，人们为何把一钱不值的东西藏起来？

　　主啊，他们都在做戏，不让别人知其一己之真实，掩掩盖盖，躲躲闪闪，这是多么难受。

　　主啊，请看，已经一个个都是巧言令色之徒了，不同的是伎俩和程度。

　　甲在乙的面前评价丙：

　　"丙哪，一味讨好敷衍，露骨得肉麻！"

　　这是因为甲的功夫快要圆熟得别人只见其一片真心，不察其万般假意。

　　乙在丙的面前评价甲：

　　"甲啊，全靠故弄玄虚过日子，否则也就活不了。"

　　乙是谁呢，他，比黑格尔还要精于吹捧。

　　主啊，我不多抱怨了，不再凭人们的脸面的表情、语言的达意来判断他们的内心世界的模式架构层面肌理张力……

　　（主啊，这些字眼流行得很，没有这些字眼的时代真不知是怎样过来的，噢，还有一个"媒体"）

主啊，我的眼，我的耳，将会没有用了。

主啊，我学会了一种颇有效验的分析判断法——

观察一个人的走路的样子，简称"步姿"，全称是：

"一个人在平地上用仅有的两只脚使自己向前进行时的全身动作"

这是最说明人的本性本质的，我考究历四十年，归纳为十二大类，图解六百八十五页，实例两千七百三十三则，书名暂定为"人类步姿比较学发凡"。

主啊！那些导演、演员、剧作家、小说家，全忽略了这个奇妙的现象，他们注重对话、独白、脸和手的表情，尤其津津乐道一双眼睛（多蠢！）几千年忙于容貌和形体的刻画，偏偏忘掉了两条脚是最能泄露一个人的内在机密，这是肚脐眼以下的心灵状况的大量的显现。

啊，主呀，感谢你给予我眼，使我能呆看别人的步姿而辨贤与不肖，感谢你给予我耳，使我借跫音便知来者之愚之智之恶之善。

主啊，回想从前，但凭人的脸、人的话，选择我友我爱，都受骗上当了，我痛苦了一阵，接着，又痛苦，受不完的骗，上不尽的当。

主啊，从此，我再也不看人的脸不听人的话了，我低着头走路，这才发现每个人都有两只脚，脚连着小腿，小腿连着大腿，它们动，一步一步，时快时慢，都毫无掩饰地宣示了包藏在整个躯壳中的祸心或良心。

主啊，就这样，我凭"步姿"选择了我友我爱，得到了一些类似幸福的生机生趣，至少受的骗上的当要小些，小得多了，比以前的。

主啊，没有一种学说堪称万能，我不致糊涂到提出"唯步论"。人们的错，都错在想以一种学说去解释去控制所有的东西。

主啊，为什么没有万能的学说呢？

那是因为唯有你是万能的。

阿门。

新　呀

　　终于在艺术上，谈透了"因袭""摹仿"的不良、没志气、没出息的大大小小道理之后，谁都没声响了。

　　难道古代的中世的艺术家不是各自追求新的风格吗，他们没有被逼迫，谁也未曾遭受在艺术风格上的艰难逼迫，于是乃从容自然，一一成全了自己。

　　十九世纪后半起，舆论的驱使吆喝，同侪的倾轧践踏，艺术家本身的膏火自煎巧取力夺，不新奇，毋宁死，死也要拣个出人头地的死法。从纽约帝国大厦顶上准备一跳惊人，警察奔到高层的阳台上，仰面大声劝说，那年轻人听了片刻，纵身凌空而下……警察昏厥而仆倒……

急功近利的观念蔓延全世界，并不意味着人和社会的充沛捷活，正是显露了人和社会的虚浮孱弱——朝不保夕，才努力于以朝保夕，事已至此，必是朝亦不保夕亦不保。急功近利者们是来不及知道悲哀的，所以一个个都很快乐的样子，样子。

那古典的，过了时的艺术，当时都是新的，其中格外成功者，一直是拒绝摹仿，不容因袭，一直在透出新意来，怎么办呢，它们不肯停止新意的层层透出。

如果现在的艺术也能新，新到未来中去，未来的人看起来觉得新极了——不可能吗，刚才不是说了，在博物馆美术馆中不是有不少这样的艺术品吗，保存在露天的，地下的，也有不少。新得很，新得不堪不堪，它们自从作出来之后，一新新到未来，我们的现在，就是古艺术家的未来。

拉得太长也没有意思吗，相约一百年如何，一件艺术品历百年依然新个不停。还太长吗，相约十年如何，何如，还嫌长？那就明天再找朋友，找对手，找冤家相约吧，不，怎么跟我约，我是那个，那个昏倒在阳台上的警察啊。

荒　年

童年的朋友，犹如童年的衣裳，长大后，不是不愿意穿，是无可奈何了。

呼喊那英国诗人回来，请他放弃这个比喻……不知他走到哪里去了，这首诗也就传开，来不及收回。

龙的传人

炎黄子孙

秋海棠的叶子

这是中国的童年，中国的童年时代的话，怪可爱的——为何挂在中国的成年时代的人的嘴边。

有人说（会说话的人真不少）："抒情诗是诗的初极和诗的终极。"作为诗的初极时代遥遥地过去了。作为诗的终极时代遥遥地在后面，反乌托邦者几乎认为是乌托邦里的事。

我们正处于两极之间的非抒情诗的时代。

窗外，门外，闹哄哄的竟是：

龙的嘘气成云惊世骇俗的景观，炎黄子孙浩浩汤汤密密麻麻的生聚教养的场面，秋海棠叶子怆然涕下的美，美得夜不成寐却又梦中处处怜芳草……

仿佛在君父的城邦，仿佛在《清明上河图》中摩肩接踵地走，仿佛亿万尧舜亿万桀纣相对打躬作揖，仿佛孔子在外国的华埠吹奏歌唱，他本是音乐家——仿佛得使人仿佛活在抒情诗的全盛时代。

绝非如此，那"初极"早已逝尽，"终极"尚不在望。

两极之间的汗漫过程中，这样的稚气可掬的比喻，实在与二十世纪不配。成年人穿起了童装。

爱这片秋海棠叶子上的龙的传人的炎黄子孙哟——该换些形容词了，难道又像另一个英国诗人说的：

"我们活在形容词的荒年。"

同　在

　　在都市里定居的鸽子，大概已属于家禽类。野鸽的生活如何，我又不知道，总会自己营巢的吧。都市里的鸽子，有主的，住小木板房，无主的，就只栖宿在屋角、楼顶，或者随便什么棚、篷、盖、斜披、旱桥架之类，毫无情趣，称不上窝，真不懂它们何以如此世世代代敷衍度日，不思改善——鸽子是人类的朋友，但没有成为宠物。

　　人类害怕战争时，便推出鸽子来张皇表彰一番。不信基督教的也认同了创世记的史实，让鸽子担当和平的象征：凡是鸽子，尤其是白鸽，叼着一枝橄榄叶的白鸽，就是不折不扣的和平，全世界男女老少都知道，唯有鸽子一无所知。

真的打起仗来，战争的双方早就驯养好大批信鸽，传递军事情报，机密讯息。人类信得过鸽子的惊人的视力，惊人的记忆力，惊人的飞翔耐力，而且它们不会拆读要件，不会作叛徒。一次、二次世界大战，鸽子从了军，一方称另一方为敌人，鸽子当然是敌鸽。

摩西律法规定：奉献给神的是，乳鸽一双。四福音书上一致形容约翰为耶稣施洗之际，上帝是以鸽子的形象显示圣灵的。

人也杀鸽子，烹成佳肴，取了鸽蛋，以为美味，广告上说是冬令补品。从鸽子的命运看"世界的荒谬"，已如此昭然若揭：一忽儿是圣灵，一忽儿是祭品，一忽儿是佳肴，一忽儿是天使，一忽儿是奸细，升平年代则点缀于街角水边，增添都市风光——人类以鸽子显出了幻想虚构、巧妙借词、贪婪饕餮、刁钻而又风雅的本性，这是鸽子所不知道的，这也是人类所不自省的，关于鸽子，那算得了什么。

人们信仰上帝，或者希望有上帝，其实幸亏没有上帝，否则单就鸽子一案，最后的审判势必闹成僵局，人和上帝都是对不起鸽子的。

巴黎早已鸽子成灾，屋顶、车顶，撒满鸽粪。纽约还不致如此。我坐在公园的长椅上，呆看鸽子，它们虽然种类有别，体重基本相等，这样不停不息地啄食，倒没有一只需要减肥，这又是它们胜于人类处。既然无所约束，为何不回树林去，回到原来的大自然中去？鸽子答："纽约吃食方便，而且没有鹰隼。"事实是毋须雄辩的，扔在纽约街头的面包、比萨、糖纳子，五步十步，总是有的，马的饲料桶中多的是燕麦，老太太特地按时来发放鸽粮，鸽子也不会遭抢劫，这又是它们胜于人类处。

庞大而复杂的纽约，广场、地下车、大街，无非是人种展览，拿起照相机随便一按，白种、黄种、黑种，总是同在。瞑目摄听，至少同时响着三四种语言。每有希望众所周知的布告、广告，即使精通五六国文字、博及其方言的梅里美先生，也未能如数读完，因为那是用了二十七种文字臻臻至至排出来的。

黑人、犹太人、波多黎各人、盎格鲁撒克逊人、中国人、韩国人、日本人、拉丁美洲人、意大利人……麇集在这五个紧靠的岛上做什么?

英国来的朋友对我说:纽约似乎很兴奋,伦敦是疲倦的,下午茶也不喝了,说是为了健康,其实是懒呀,没有好心情。

法国来的朋友对我说:纽约是不景气中还景气,至少超级市场装东西的袋比巴黎爽气、阔气。你们的地下车乘客未免欠文雅,不过也可以说美国人生命力旺盛吧。

意大利、德国、西班牙来的朋友对我说:纽约食品丰富,滋味是差些,总还是丰富。纽约的画商真来劲,买画的富翁富婆也真是疯了的,这些画,在我们那边即使有人看,是没人问的。

旧金山、洛杉矶、芝加哥、波士顿来的朋友对我说:工作的机会,那是纽约多,我们也曾想到纽约来,现在还是想的——初听之际,有些得意,多听,也就麻木不仁。整个欧罗巴的脸有明显的皱纹,大都市各有各的老态倦容。美国本土的其他地方是不及纽约的泼辣驰荡，活水湍流。纽约之所以人才荟萃，物华天宝，不是解不了的谜，所以亚太地区人、拉丁美洲人、斯拉夫人，来了，就不走了。

还有少数大科学家大艺术家，那是属于"先知型"，先知在本乡是没有人尊敬的，于是他们离开本乡本土，到美国来取得人的尊敬。

任何复杂的事物，都有其所谓基本的一点，充满纽约五岛的外国人，不论肤色、血统、移民、非移民，如果看看鸽子，想想自己，都会发笑——无非是这样，只能是这样。

要说和平、战争、圣灵、奸细，等等，那就不能想得太多，比喻不过是比喻，如果二者尽同，那就不用比喻了。

纽约的鸽子与纽约客同在，以马内利。

笑　爬

　　我把地图画，画好墙上挂，一个蚂蚁爬又爬，自从澳大利亚、阿非利加、欧罗巴，一直到阿美利加、亚细亚啊，真是笑话，我还没有喝完一杯茶，它的足迹已经遍天下啊，我要请问许多旅行探险家，这样勇敢迅速有谁及得它。

　　这是我童年的歌，女教师按风琴，大家张嘴唱，小孩子不解幽默，地球仪造成的世界概念是浑圆光滑的，比蚂蚁的认知力好不了多少，风琴声一停，歌声也没了。如果有谁还唱下去，会引起轰笑。

三十多年后，在监狱中是没有人不寂寞的，先是什么都断了，什么都想不起来，几个月挨过，才知道寂寞的深度竟是无底，于是开始背书，背书，绝妙的享受，不幸很快就发觉能背得出的篇章真不多，于是在心中唱歌，唱歌，记忆所及的词曲竟也少得可怜，兜底搜索，这支儿歌也挖掘出来，有言无声地唱着，感谢女教师预知她的学生要身系囹圄，早早授此一曲，三十年后可解寂寞云云。

　　而且监狱能使人大彻大悟，我推断出这支儿歌是从外国移译来的，这只蚂蚁分明是澳大利亚产，而且爬到亚细亚就不爬了，似乎是死在亚细亚了——我很快乐，因为明白了这支歌之由来，而且认为歌的作者对世界航线不熟悉，反衬出我倒是聪明的，一个自认聪明的人被关在铁笼子里，比一个自认为愚笨的人被关在铁笼子里，要好受得多——真的，囚徒们看上去不声不响，什么都没有了，其实心理却还有一份自信：因为太聪明，才落到如此地步。囚徒们常会悄悄地暗暗地一笑，很得意，认为监狱外面的人都是蠢货，尤其看不起狱卒，囚徒们有希望释放出去，死刑也是一种释放，狱卒却终生踯躅在铁栅铁门之间……

那只蚂蚁呢，我，我是亚细亚产的，与那只澳大利亚产的势必相反方向爬，真是巧，真是宿命，爬出亚细亚，爬到阿美利加、欧罗巴、阿非利亚，终于上了澳大利亚。

澳大利亚住房的门是不锁不关的，没有盗贼，是没有，黑社会所觊觎的是大宗勒索对象，亚细亚蚂蚁不在他们的眼里，然而这个国家就是令人说不出地寂寞，总觉得四面都是海水。

我又爬，爬离毕竟不是出生地的澳大利亚，澳大利亚在地图上看看就很寂寞。

不复以聪明人自居了。喝完一杯茶。真是笑话。

邪 念

"十九世纪死了上帝。"

"二十世纪死了人。"

还有什么可以死的吗?

儿时过年放爆仗,一个,一个,升天而炸,忘其所以地兴奋快乐……一阵子也都放完了,明知没有剩余,可总要问:"还有什么好放的吗?"

为什么我听到上帝的讣告、人的讣告,竟不嚎啕大哭,却有这种儿时放爆仗的心态?

也许是传染了外星球来客的怪癖。

也许是祝愿置之死地而后生——上帝和人都活转来（或者，人活转来，上帝就算了）。

也许是我实在顽劣透顶，总想看白戏。

也许我伤心已极，玉石俱焚，以身殉之。

也许我故态复萌，净说些俏皮话。

在文学中，在太多的金言蜜语中，还该有人的邪念的实录，恶棍的自白——否则后几个世纪的人读我们这几个世纪的人写的文字作品，会怀疑：文学家竟个个是良善正经的？

只有兵法家写了如何刻毒设计，如何狡狯使人中计，还有马基雅维里总算坦陈了卑鄙无耻的君王术，但这些都不成其为文学。

但我还是认为人该在文学中赤裸到如实记录恶念邪思，明明有的东西怎能说没有呢。

放　松

儿时的钢琴老师，意大利米兰人，费尔伯教授，总是在一旁叫："放松，放松！"他自己则手指也塞不进白键黑键之间，太胖了，我逗他跑步，体操，我也叫："放松，放松！"

费尔伯系出意大利名门世家，哲学博士，琴艺雄冠一时，犯了杀人案，漂亮的情杀案，越狱逃亡到中国，独自渐渐发胖了。后来我才知道了他的诞辰，上午送去一束花，一部蛋糕，他哭个不停，说：没有人爱他，快死了。下午又哭。

不多久，费尔伯教授逝世，而且还是我旅行回来别人告诉我的，所以没见他的遗体，没见他的坟墓。没有坟墓。

亡命来中国。四十余年，只收到一束花，一部蛋糕，如此人生，他终于"放松"。

跟他学过了十多年，我后来放松得不碰钢琴了，因为十分之三的手指被厄运折断。事情是这样。

费尔伯曾经以疯狂的严厉悉心指导我，巴望我到意大利去演奏，叫人听听费尔伯博士教出来的钢琴家是怎样怎样的，瞧他那副眉飞色舞的神态，仿佛我已经完全征服了意大利的听众似的。

后来我作为游客，走在米兰的老街上，没人问我："您认识费尔伯先生吗？"

幸亏是这样。

某 些

春天

柏拉图是对的

意大利烙饼风靡洛杉矶

中国的诗呢，不扣脚韵以后，就在于统体运韵了。

渗在全首诗的每一个字里的韵，比格律诗更要小心从事，不复是平仄阴阳的处方配药了，字与字的韵的契机微妙得陷阱似。真糟糕。

自由诗，这个称谓好不害臊。自由诗而用脚韵，勿知为什么，特别傻里八气，大概反而惊扰了统体的每个字的韵的生态位置的缘故吧。大概是的。

而从前的格律诗中之最上乘者，又倒是特别率性逾格越律的那些作品。严谨的工整的句子、篇章，只见其严谨非凡工整到家——佩服，总不及感动好；感动中已有了佩服，佩服中有感动吗，常常是没有的。

罗兰夫人到了最后，向人讨纸笔，人没有给她，她只来得及喊那么一句。那一句，是正义的，广义的。到了现代，似乎还可以偏而狭之地引来解释现代"诗"，即春笋般的雨后雷后的某些诗。

意大利的PIZZA到了美国，化成了纽约比萨、芝加哥比萨、波士顿比萨、洛杉矶比萨，好吧，总之不复是亚述王之御厨的圆桌比萨了。美国的比萨在多起来，中国的诗在多起来。还有什么东西在多起来呢。

柏拉图自以为是对的。

春天也从来不肯错。

认　笨

最羡慕神童，自己幼年受够了愚昧的苦，总是怨命。如果我有神童的十分之一的异禀，那该多么通气。

后来老了，无可抵赖地老了，转而觊觎大器晚成者，也遽然绝望，原来必须在青年中年打好足够的埋伏，才可能发生晚成大器这么一回事。

每晚睡着便做梦，在梦中我尤其痴骏不堪，失风、失路、失策，夜夜愚不可及。常想问别人："梦中的您，比醒时的您，哪个更笨？"我至今不敢真的问出来，怕得罪人。

昨晚我梦见与一朋友并步而谈，我结结巴巴用西班牙语表达意思，我的西班牙语是再糟糕也没有了，说得我心乱气苦……忽然间想起朋友是与我一样的中国人，而且同故乡，同小学毕业，于是我用中国语的故乡话与之畅叙……·

聪明人，真快乐，他有时候大声说："在这一点上，要算我最聪明了！"旁人只好高兴地承认，因为不承认就显得你度量狭隘。

笨人可怜，笨人最大的快乐是有时候总算有机会插一句："那么，我还不是最笨啰？"别人没有笑，他先笑，看看别人不笑，他也不笑了，咳嗽几声。

同样两个面包，两个同样的面包放在我面前，上帝说："拿呀！"

我说："拿哪一个呢。"

引 喻

伊壁鸠鲁派（别瞧不起它，这一派始终会被人提到），伊壁鸠鲁派哲学家卢克莱修神采飞扬地说：

"站在高岸上遥望颠簸于大海中的航船是愉快的，身潜堡垒深处窥看激斗中的战场是愉快的，但没有比攀登于真理的峰顶，俯视来路上的曲折和迷障更愉快的了。"

这段话的前半是荒谬的，对于颠簸在大海中的难船，激斗在战场上的亡士，怎能令人愉快呢，我们不致自私残忍到了乐于作此种全无心肝的旁观者。

卢克莱修引喻失义，他不及后悔，我代他后悔。

这段话的后半，可以这样说，回首前尘，曲折迷障历历可指，这也只是常情常理常识，未必见得就是上了真理的峰顶——如果这样就算是真理的峰顶，倒不难⋯⋯

伊壁鸠鲁派，至少它的始祖是良性的快乐主义者，品美食、重友谊、善谈论，这是可能阳明兼得的，所谓哲学的探索，真理的追求，那就不是他们的事了，其实也不是任何人真能做到的事。

诚实而勤勉的人，都知道，都慢慢知道，哲学和真理有其终点，终点是：没有哲学没有真理。诚实而勤勉的人（而且差不多都老了）相对无言，孩童似的，霎着眼，说：是可玩孰不可玩。

于是，含生之灵在其有生之年，重友谊，善谈论，且进美食。

怪 想

夏末的向晚，与友人看罢《红心王》，还不欲分别，就走在华盛顿广场的树荫下，芸芸美国众生（尤其是星期六），似乎都不坏，好则谁能说好呢，不过是男人、女人，都像要就地做爱的样子。那打球者、耍火棍者，暂时没有性欲。小孩子认定冰淇淋比生殖器重要。

广场之边，沛然摆开新货旧货摊，不外乎服装和饰品，一片繁华荒凉，有几分繁华，便有几分荒凉，我友也说："你这样形容是可以的。"

我友向来比我容易口渴，两人坐在长椅上，他就

153

坐不住，奔去买可乐，使我成了一个人。一个人就只好怪想——怎样来对待华盛顿广场上这些人呢，怎样来对待除此之外的数十亿人呢，总得持一种态度。

以法官和情郎的混合态度来对待是可以的。

友人回来，吸着可乐，我把刚才所想的，说出了口，而且还隐隐发现自己持这种态度已很长久。他嗯了一声，吐开吸管：

"把它记下来……除了这一种，而且除了这一种，没有别的态度可取。"

我友三十岁，男，墨西哥的墨西哥城人，体力和智力完全可以击败那个西班牙坏蛋。刚才穿马路，明明是 WALK，汽车不停，好险！我说：

"一辆汽车对准两个天才冲过来，差点儿把我们撞死。"

墨西哥人笑，笑，牙齿白亮极了，笑得我不得不辩护：

"我又没有说谁是天才，那汽车是不好么！"

他边笑边安慰道：

"我是笑你多的是怪想，还能说出来。"

多　累

今天不是哥伦布节，是国殇日。不知怎的想起哥伦布，想起与哥伦布毫不相干的那些事。

能说"伟大的性欲""高贵的交媾"吗，不能。那么"爱情"自始至终是"性"的形而上形而下，爱情的繁华景观，无非是"性"的变格、变态、变调、变奏。把生理器官的隐显系统撤除净尽，再狂热缠绵的大情人也呆若木鸡了。老者残者的"爱"，那是"德"。是"习惯"。

从前的人，尤其是十八、十九世纪人，把爱情当作事业，奉为神圣，半生半世一生一世就此贡献上去——在文学中所见太多，便令人暗暗开始鄙薄。

如此忖辨日久，倘若再有霞光万道的异物劈面而来，不致复萌欣欣向荣的故态了。只会觉得它像横街上的救火会的铜管乐队，穿过公园，走在直路上，我被迫听了半阕进行曲（因为这时我坐在哥伦布公园的长椅上）。

那天是哥伦布节，秋色明丽，纽约市唐人街尽头的哥伦布公园，一副零落相，说来真为哥伦布大人伤心，下午八时后，此间歹徒出没，有的行为叫做性强暴，一点爱的潜质也没有的。

比起来，爱情还算好，还应该减轻对爱情的鄙薄的程度——也许还会发现爱情的范畴中的新大陆，到了那天，那个黄昏，那个夜，夜深了，那人说："你啊，真是富有哥伦布的精神。"我说："倒宁愿你是哥伦布什么的。我多累，多危险。"

当那人欲用口唇来抚慰我的眼睑时，觉察其中双眸惘然失神，问了：

"在想什么！"

"决不再以爱情为事业。"我真会这样说出来的。

那一天,那一夜，即使不是哥伦布节也成了哥伦布节。

156

呆　等

　　秋天，十一月的晴暖阳光，令人想起春天，蒙田忽然说：

　　"深思一下吧，撒谎者是这样的人，他在上帝面前是狂妄的，在凡人面前却很怯懦。"

　　余素拙深思，弗明蒙田何所指。

　　培根忍不住疏释道：

　　"因为谎言是面对上帝却逃避凡人的。"

　　"那么，"我说："那么他可以重来人间了，不是早就约定，大地上找不到一个诚实者的时候，耶稣就再来。"

蒙田一笑，培根亦一笑。

落叶纷飞，天气转冷，壁炉的火光将三个人影映在墙上。

文学和哲学的欺骗性，与蒙田和培根的说法相反，文学和哲学在上帝面前是怯懦的，在凡人面前却很狂妄。

后来，文学和哲学的欺骗性又转为它们早早与文学哲学了无干系，却被人们奉为时髦神圣，如果想去除掉这些东西，就像要家破国亡似的厮打号叫了。

窗外都是雪，十二月廿五日将近，我又不能不冒雪出门选购食品。

蒙田家，贵宾光临似的闯入五个强盗，主人一席话，他们鞠躬而退。

培根回伦敦后，涉讼败北，也下野著书了。

（三百年，四百年，仅剩的一个诚实者，使耶稣迟迟不能重来人间，耶稣是守信者，诚实者又不能不诚实）

卒 岁

怨恨之深，无不来自恩情之切。怨恨几分，且去仔细映对，正是昔日的恩情，一分不差不缺。

如此才知本是没有怨恨可言的，皆因原先的恩情历历可指，在历历可指中一片模糊，酸风苦雨交加，街角小电影院中旧片子似的你死我活。

每当有人在我耳畔轻轻甘语，过了几天，又响起轻轻甘语，我知道，不过是一个仇人来了。

也许这次，唯独这次天帝厚我，命运将补偿我累累的亏损，数十年人伦上的颠沛流离，终于能够安憩于一个宁馨的怀抱里，漏底之舟折轴之车，进坞抵站，至少没有中途倾覆摧毁。

然而这是错觉，幻觉，二十年前，三十年前，公元前，甚至史前，早已有过这种错觉幻觉。唯有爱彻全心，爱得自以为毫无空隙了，然后一涓一滴、半丝半缕、由失意到绝望，身外的万事万物顿时变色切齿道：你可以去死了。

此时，在我听来却是：曾经爱过我的那一个，才可以去死了。

噫，甜甜蜜蜜的仇人，数十年所遇如此者不仅是我。

仓皇起恋

婉转成雠

从文字看来，也许称得上剀切简美，所昭示的事实，却是可怕之极——确是唯有一见钟情，慌张失措的爱，才慑人醉人，才幸乐得时刻情愿以死赴之，以死明之，行行重行行，自身自心的规律演变，世事世风的劫数运转，不知不觉、全知全觉地怨了恨了，怨之镂心恨之刻骨了。

文学还是好的，好在可以借之说明一些事物，说

160

明一些事理。文学又好在可以讲究修辞，能够臻于精美精致精良精确。

我已经算是不期然而然自拔于恩怨之上了，明白在情爱的范畴中是决无韬略可施的，为王，为奴，都是虚空，都是捕风。明谋暗算来的幸福，都是污泥浊水，不入杯盏，日光之下皆覆辙，月光之下皆旧梦。

当一个人历尽恩仇爱怨之后，重新守身如玉，反过来宁为玉全毋为瓦碎，而且通悟修辞学，即用适当的少量的字，去调理烟尘陡乱的大量人间事——古时候的男人是这样遣度自己的晚年的，他们虽说我躬不悦，遑恤我后，却又知优哉游哉聊以卒岁，总之他们是很善于写作的，一个字一个字地救出自己。救出之后，才平平死去。还有墓志铭，不用一个爱字不用一个恨字，照样阐明了毕生经历，他们真是十分善于写作的。

后　记

还是每天去散步，琼美卡夏季最好。

树和草这样恣意地绿。从不见与我同类的纯粹散步者。时有驱车客向我问路，能为之指点，彼此很高兴似的——我算是琼美卡人。

有一项恳切的告诫：当某个环境显得与你相似时，便不再对你有益。琼美卡与我日渐相似，然而至少还无害，自牧于树荫下草坪上，贪图的只是幽静里的清气。

南北向的米德兰主道平坦而低洼，使东西向的支路接口处都有上行的斜坡，坡度不大，且是形成景观的因素，步行者一点点引力感觉的变化，亦是趣味——有人却难于上坡。

他推着二轮的购物车，小步欲上坡来，停停顿顿，无力可努而十分努力。成坡的路面约三十米，对于他，诚是艰苦历程。

身材中等，衣裤淡青，因疾病而提前衰老的男子，广义的美国人——望而知之的就是这些。车上搁着手提箱，还有木板、木框，都小而且薄。

我一瞥见就起疑问，他怎样来到坡下的？上了坡就到家？这是外出办事或游乐？

夕阳光透过米德兰大道的林丛，照在他伛背上，其实他没有停顿，是几公分几公分地往上进行，以此状况来与坡的存在作估量，我也感到坡程之漫长了。

平静，专注，有信心地移着移着，如果他意识到有人旁观，也不致认为窥其隐私，他没有余力顾及与自己上坡无关的细节。

紧步斜过路面而下，我说了。

他不动，脸色安详，出言喃喃，指自己的耳朵，微耸肩，那么他是失聪。我改用手势示意，用目光征询他，便见淡漠的唇颊蔼然成笑。

　　试将右臂伸入他左胁、挟紧，使他的体重分到我身上来，我必需稍侧，才能用左手去推车子，这就不得不横着启步，原以为他受此挽助，便可随我上坡——一开始动作就知道我想错了，小病或疲乏的人，才可能附力借力于别人而从事，他是宿疾，胴体和下肢已近僵化，那细小的移步不是他的选择，是唯一的末技。他瘦瘠，感觉上则比我重，沉重，下坠性的阴重。我只能应和他原来的小步而走，不是走，是移，总比他独个子上坡要略快一些些。他呢喃问话，我凭猜度而以点头摇头来回答他。

　　首次体识小动作移步的实用况味，平时是每秒钟一步，这一步，眼下要费七秒许，即以此七个挪动才抵得上寻常的一步。挪动之足的踵，不能超过待动之足的趾，只及脚心，就得调换。他需要这样，因为只能这样，我不自然而然地仿效着——绀蓝的天，无云无霞，飞机在高空喷曳白烟，构成广告字母，那是我感到寂寞而偷偷举目远眺了，童年听课时向窗外的张望，健康人对疾病人的不忠实，德行的宿命的被动性，全出现在我心里，克制不耐烦，就已是够不耐烦了。小车受力不均，时而木板滑落，时而提提箱倾歪欲堕——我停下来，先得把车子对付掉。

同意。一从他胁间抽回手臂，立刻感到自身的完整矫健，飞快把小车拉到路对面，心想我可以背他或抱他直达坡端，就怕他不信任不乐意，而我自己也嫌恶别人身上的气息，人老了有一种空洞的异味，动物老了亦如此，枯木、烂铁、草灰，无不有此种似焦非焦似霉非霉的异味。

改用左手托其腋胁，右臂围其腰膂，启动较为顺遂些。不复旁骛，一小步一小步运作，心里重复地劝勉：别多想，总得完成，偶然的，别想，完成，偶然……

终于前面的平路特别的平了，就像以前未曾见过。

他注视我口唇的发音变化，知道我问的是他的"家"，答道：还远。

再远也不会远在琼美卡之外，何况他的远近概念与我应是不尽相同。

他只希望再帮助他越过这路到对面去，然后自己回家——表达这个既辞谢又请求的意愿时，似乎很费

166

力，以致泪光一闪，暮霭笼着我们，黤黮中感到他是上个世纪的人……小镇教堂的执事，公务机关的誊录员，边境车站的税吏，乡村学校的业师……这四周因而也不像美国……我亦随之与二十世纪脱裂……

我的呆滞使他阢陧不安，振作着连声道谢，接住车把准备自己过路了。

我也振作，用那种不自觉的灵活使小车迅速到了对面，用力过猛，提箱之类全滑落在草坪上，就扯了根常春藤，把它们绑住在车架上，摇摇，很稳实，这些叶子太装饰性，使小车显得不伦不类，像个耶诞礼物。

过路时，真怕有车驶来，暮色已成夜色，万一事起，我得及早挥手叫喊，我们不能加快回避，该是车停止，上帝，我们不能作出更多。

犹如渡河，平安抵岸，他看清小车被常春藤缠绕的用意而出声地笑——就此，就这样分手吧，夜风拂脸，我自责嗅觉过敏，老人特有的气息总在鼻端，想起儿时的祖辈，中国以耄耋为毂轴的家……

并立着听风吹树叶，我的手被提起，一个灰白的头低下来——吻手背、手指。

167

本可就此下坡，却不自主地走过路面。（小车上的东西有什么用，到了家，怎样的家，他的人，他的一生，他的人的一生——所谓心灵的门，不可开，一开就没有门了……上帝要我们做的是他做不了的事）

路灯照明局部绿叶，树下的他整身呈灰白色，招手，不是挥手——他改变主意了？需要我的护送？

奔回去时筋骨间有那种滑翔的经验。

还是采用一手托胁一手围腰的方式——被摆脱了。

他捉住我的手，印唇而不动……涎水流在手背上。

他屏却我的护送易，我违拒他的感激难，此刻的他，不容挫折——谁也不是施者受者，却互为施者受者了。

奇异的倦意袭来，唯一的欲念是让我快些无伤于他的离开。

下坡之际，我回头，扬臂摇手——以后的他，全然不知。

迎面风来，手背凉凉的，摘片树叶，觉得不该就此揩拭，那又怎样才是呢，忽然明白风这样吹，吹一会，手背也干了。

夏季我惯穿塑胶底的布面鞋，此时尤感步履劲捷，甚而自识到整个躯肢的骨肉停匀，走路，徐疾自主，原来走路亦像舞俑一样可以从中取乐，厚软底的粗布鞋仿佛天然地合脚惬意。

借别人之身，经历了一场残疾，他带着病回去，我痊愈了，而额外得了这份康复的欢忻。

他真像是上个世纪留下来而终于作废的人质，他的一生，倘若全然平凡，连不幸的遭遇（疾病）也算在平凡里，可是唯其平凡，引我遐想——这遐想随处映见我的自私。从前，我的不幸，就曾作过别人的幸运的反衬。虽然很多不幸业已退去，另外的很多不幸还会涌至。可是那天晚上，我走回来时，分明很轻快地庆幸自身机能的健全，而且庆幸的还不止这些。

后来的每天散步，不经此路。日子长了，也就记不清是哪个斜坡。我感到他已不在人世。（上帝要我们做的是他做不了的事。凡他能做的，他必做了）

琼美卡与我已太相似，有益和无害是两回事，不能耽溺于无害而忘思有益。

我将迁出琼美卡。